LISMAR MARCANO

¡AREPAS EN EL BOSQUE!

con Caperucita y el loBo

ILUSTRACIONES
Vanessa Balleza

¡AREPAS EN EL BOSQUE!
con Caperucita y el loBo

© Lismar Marcano
Primera edición, 2023

ISBN: 979-8-9887457-0-9

Instagram: @lismarmarcano @kidsbooksandplay
Correo: marcanolismar75@gmail.com

Ilustraciones: Vanessa Balleza
Instagram: @vanessaballeza

Diseño y diagramación: MoMa Estudio Gráfico

Corrección de texto: Lourdes Morales

Este libro está dedicado a todos los venezolanos
que se encuentran alrededor del mundo e invitan
a sus nuevos amigos a probar la arepa venezolana.

Hace muchos años, Caperucita y el lobo llegaron a un acuerdo
de que ninguno de los dos se molestaría más por aquel cuento
que ustedes ya conocen del lobo, la niña de la caperuza roja, la
abuelita, el cazador… ¿lo recuerdan?

Bueno, por mucho tiempo fue así, pero desde que el lobo regresó de sus vacaciones por Suramérica las cosas cambiaron.

Todos los domingos, Caperucita acostumbra a visitar a su abuelita con una cesta llena de frutas, pan y mermelada. Desde una parte del camino, se ve la casa del lobo. Así que, cada vez que pasa por allí, se esconde y desde los arbustos puede observarlo preparando suculentos banquetes a sus amigos del bosque.

Ese domingo en particular, Caperucita lo observó preparando una cosa redonda y blanca, y le sorprendió que todos los animales del bosque se enfilaron emocionados a esperar su plato.

—Pero ¿qué está preparando este lobo? ¡Uhmmmm, qué cosa tan redonda! ¿Qué sabor tendrá?

—¡Vengan, compañeros, las arepas están listas! —gritó emocionado el lobo.

—¿Qué dijo? —se preguntó Caperucita, que no alcanzó a entender al lobo.

Caperucita tenía mucha hambre y demasiada curiosidad, así que decidió esperar entre los arbustos a que todos terminaran de comer para entrar silenciosamente a casa del lobo a tomar los restos de comida que, de seguro, dejarían.

Sí, definitivamente Caperucita estaba por romper el acuerdo entre ella y el lobo. Pero no se resistía.

Entró en puntillas y buscó por la cocina. Destapó ollas y sartenes, abrió el refrigerador, el horno. Buscó en la despensa y hasta debajo del sofá, pero no consiguió nada.

Se habían devorado todo.

En ese momento, el lobo, que reposaba debajo de los árboles, dio un gran bostezo y despertó.

Caperucita salió apresurada, pero cuando iba a mitad de camino, el lobo la atajó.

—¿Qué haces en mi bosque? —gritó el viejo lobo—. Cruzaste el límite, Caperucita, y eso no está permitido según nuestro acuerdo.

—Lo sé, lo sé, pero estoy hambrienta. Los olores que salen de tus hornillas son irresistibles. Hoy te vi preparando esa cosa redonda y caliente con distintos rellenos… ¡Necesito probarla, por favor! —suplicó Caperucita.

—Ve a tu vecindario. Allá hay mucha comida para ti.

—Ahhh, estoy cansada de esa comida de siempre. Todo me sabe igual —dijo Caperucita con expresión de aburrimiento—. ¡Dame de esa cosa! ¿Cómo se llama… azre para?

El lobo sonrió:

—¡No tienes idea de lo que es!

¿Apara?
¿Mapare?
¿Sopare?
No No NO
¿Seguirás insistiendo? Vete de mi bosque y no vuelvas, no vaya a ser que me dé hambre y te devore.

Caperucita se fue del bosque bastante desanimada. Tenía mucha hambre, pero no de cualquier plato, sino de esa cosa redonda, blanca y humeante que no salía de su mente.

«¿Ahora cómo podré comer eso que se ve tan delicioso?», pensó.

Después de tanto soñar con ese platillo, terminó comiéndose la misma aburrida comida de siempre.

Varios domingos seguidos, a pesar de la advertencia del lobo,
mientras iba camino a casa de su abuela, Caperucita se asomaba
hacia el bosque y podía verlo preparando aquella cosa redonda y
blanca. Hasta que un día...

Vaya, niña con caperuza, te he visto varios días desde el árbol merodeando y siempre te ves hambrienta.
Hambrienta, hambrienta, hambrienta.
Tengo lechuga fresca, saludable y deliciosa.
Saludable, deliciosa, deliciosa.

¡Haz callar a ese loro! ¡Todo lo repite!
No lo puedo hacer callar, Roberto es un loro, venezolano como yo, trabajador incansable y parlanchín. Además, estamos de vacaciones. No es tiempo para estar callados.
Vacaciones, vacaciones, vacaciones.

Caperucita se sentó y, en medio de un suspiro, dijo:

—Lo que quiero comer no lo consigo en mi vecindario. ¿Qué puedo hacer
para que el lobo me dé de comer esa cosa redonda que prepara? —preguntó
Caperucita con la esperanza de conseguir ayuda.

—El lobo hace platos deliciosos, pero lo que más le gusta preparar son
arepas venezolanas —enfatizó el guacamayo Juancho.

—Arepas… ¿así se llaman? ¡Arepas venezolanas! ¡Ese es el plato que
deseo probar!

—Sí, las arepas venezolanas son deliciosas y se pueden comer a cualquier
hora. Pero puedes hablarlo con el lobo. Seguramente, si eres amable,
te da para probar.

—¿Amable? ¿Cómo puedo ser amable con el lobo
que casi se come a mi abuelita? —respondió Caperucita.

—Eso fue un malentendido, lo que el lobo quiso comerse
aquella vez del cuento era la cesta de frutas que llevabas.

—¿Nunca quiso comerse a mi abuela?

—No. Por lo menos en ese cuento. El lobo es un gran chef, no tiene
necesidad de comerse a nadie. Solo es un gruñón que se hace pasar
por malo. Yo te recomendaría que converses con él y aclaren
las cosas.

A la mañana siguiente, Caperucita se adentró
en el bosque con una cesta llena de frutas.

Los animales comenzaron a murmurar sobre
su imprudente presencia.

Pero el lobo apenas la vio, incrédulo de su
buena voluntad, la echó del bosque.

Caperucita insistió por varios días sin lograr
que el lobo, la dejara pasar. Se molestó
tanto, que decidió hacer por sí misma las
arepas venezolanas.

El loro Roberto le explicó la receta, pero hablaba
tan rápido que Caperucita apenas le entendía.
¡Aquello fue un desastre! La harina estaba
un poco tiesa y cuando medio logró ponerla
en la sartén, ¡se quemó!

Hasta que un día el lobo se apiadó de
ella, la interceptó en el camino y la invitó
a su casa.

Por más que intentó,
no logró hacerlas.

—¿Quieres probar la arepa? Pero primero debes conocer de dónde viene ese platillo.

Y empezó a contarle:

—La arepa es un desayuno o una cena muy típica en un país de Suramérica que se llama Venezuela. Yo lo visité hace ya tiempo y allí conocí al guacamayo Juancho y al loro Roberto, quienes se encargaron de llevarme a muchos lugares hermosos que no olvido. Pero lo que más me gustó fue el día en que me llevaron a probar las arepas, desde entonces no pude dejar de prepararlas y comerlas.

—La arepa es símbolo de unión familiar. En cualquier parte del mundo, si entras a la casa de algún venezolano, siempre habrá en la mesa una arepa caliente. Es un orgullo para nosotros —afirmó el guacamayo Juancho.

venezuela

—La arepa se hace con harina de maíz. Se sirve caliente con distintos rellenos, y no debe faltar la mantequilla, por supuesto —expresó Juancho muy orgulloso.

—Mantequilla, mantequilla, mantequilla —repitió Roberto.

Caperucita estaba extasiada escuchando al lobo y a las amistosas aves.

¡Hora de la práctica!
Prepararemos todo para hacer las arepas.

PARA HACER UNA AREPA NECESITAS:

- Harina de maíz

- Agua

- Sal

NOMBRE DE ALGUNAS AREPAS:

REINA PEPEADA:
pollo, aguacate y mayonesa

PELÚA:
carne desmechada y queso

PABELLÓN:
carne desmechada, frijoles negros,
queso, plátanos maduros

CATIRA:
pollo y queso amarillo

SIFRINA:
pollo, mayonesa, aguacate
y queso amarillo

AREPA ORIENTAL:
pescado desmenuzado

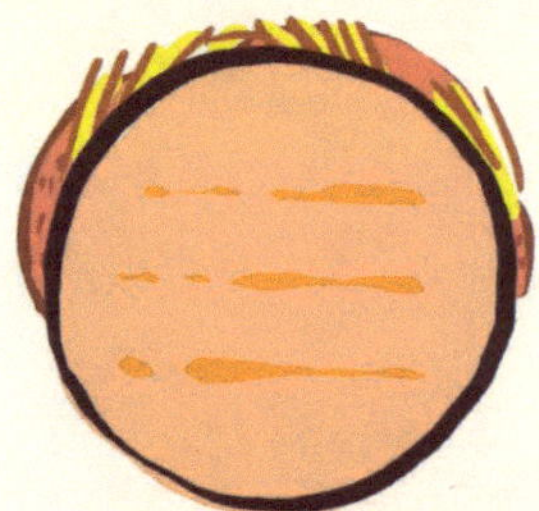

RUMBERA:
pernil y queso amarillo

DOMINÓ:
queso y frijoles negros

¿CÓMO SE COCINA?

- En una plancha, sartén u horno. También se puede freír.

Nota importante: ponerle suficiente mantequilla.

Con sus manos delicadas, Caperucita intentó varias veces, hasta que por fin logró una semirredonda arepa.

Pasaron varios días, y el lobo y Caperucita compartían una rica arepa en el desayuno o en la cena, como dos buenos amigos. Durante la comida, el guacamayo Juancho siempre les contaba historias y tradiciones de Venezuela.

Pero en el pueblo comenzaron los rumores de la amistad entre
Caperucita y el lobo. Todos pensaban que el lobo era peligroso y feroz,
y decidieron protestar y exigirle a Caperucita que
no se adentrara más en el bosque, pues eso
podría atraer al lobo hacia el vecindario.

Caperucita intentó por muchos días
convencer a sus vecinos de que el
lobo era su amigo y no había por
qué temerle.

Hasta que un día a Caperucita y
a los animales del bosque se les
ocurrió una idea.

¡FIESTA DE AREPAS!
Brindaron un concierto que atrajo a todo el vecindario.
Con bailes y música venezolana, ambientaron el lugar.

Caperucita mostró los sabores y delicias preparados por ella y su amigo el lobo.

El señor Evelio, el policía del pueblo, tuvo una gran charla previa con el lobo e hizo que firmara un acuerdo de convivencia. También se encargó de convencer a los vecinos de que no corrían peligro. Realmente no había nada que temer.

Juancho y Roberto contaban la historia de la arepa a los pequeños del lugar. Y si alguno no entendía, el loro Roberto se encargaba de repetir.

Fiesta de Arepas

Fue una tarde divertida, llena de unión. Todos los asistentes se deleitaron de los sabores de las arepas y aprendieron dónde quedaba Venezuela en el mapamundi.

Desde ese día el vecindario se convirtió en un lugar de encuentros y reuniones. El lobo conoció la biblioteca del pueblo y aprendió nuevas recetas. Los niños no se perdían las historias que algunas tardes el loro Roberto narraba en el árbol de la casa del lobo. Y Caperucita y el lobo fueron amigos por siempre.

Así, entre sabores y tradición, todos convivieron felices, celebrando cada cierto tiempo la fiesta de las arepas.

Lo que hace una deliciosa arepa...

Por cierto...

¿Ya preparaste la tuya?
¡No dejes de hacerla!

FACTS DE VENEZUELA
Hola
Así saludamos
Traje y baile típico
Turpial:
ave nacional
Orquídea:
flor nacional
Instrumentos musicales:
Arpa, cuatro y maracas

CARACAS
Caracas, capital de Venezuela
Araguaney: árbol nacional
Cestería, artesanía tipica
Arepa
Venezuela en Suramérica
N
W   E
S
Pabellón: plato típico nacional
Bandera

LA AUTORA

LISMAR MARCANO es venezolana. Estudió licenciatura en Teatro. En Venezuela, fundó la editorial Te Leo un Cuento, a través de la cual publicó tres libros. Actualmente vive en Miami con su esposo y sus dos hijas. Se desempeña como directora y escritora creativa de la editorial infantil Books and Play. Además de escritora, es cuentacuentos en español, actividad que realiza con mucho entusiasmo y profesionalismo. Sus libros están a la venta en Barnes&Noble, donde ha presentado varios de ellos. Lismar trabaja incansablemente para seguir creando historias para los niños de hoy.

LIBROS PUBLICADOS POR BOOKS & PLAY

- Lo que hay en mi cabeza | 2019
- Mis lugares favoritos | 2019
- Teresa la vaca coqueta | 2020
- La bicicleta de Teresa | 2020
- Mi Navidad | 2020
- La alocada sorpresa para Agustina | 2021
- La primavera de Leah | 2022
- Un disfraz para Mika | 2022
- Arepas en el bosque con Caperucita y el lobo | 2023

@Lismarmarcano Lismar Marcano
@kidsbooksandplay
marcanolismar75@gmail.com
www.lismarmarcanoautor.com

LA ILUSTRADORA

VANESSA BALLEZA nació y creció en Caracas, Venezuela; lugar donde estudió y trabajó por más de 20 años en el campo de las artes y la ilustración. Su trabajo como artista e ilustradora puede apreciarse en diferentes revistas, libros, cuentos para niños y exposiciones alrededor del mundo. Su pasión es leer cuentos, dibujar y pintar, pero sobre todo enseñar y explorar nuevas formas de lenguaje y técnicas. Vive en Florida con su media naranja, sus dos hijos y con un montón de personajes fantásticos que la acompañan siempre en sus aventuras ilustradas.

@vanessaballezaa
@canitoyyo
vanessaballezaa@gmail.com
www.vanessaballeza.com

www.ingramcontent.com/pod-product-compliance
Lightning Source LLC
Chambersburg PA
CBHW041345300726
48981CB00009B/444